송아리는 아리송

창 비
청소년
시 선
45

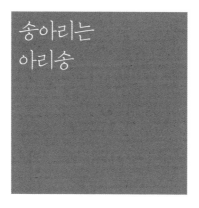

송아리는
아리송

정연철 시집

창비

차
례

제1부

호락호락

팔랑귀의 자존감

내 이름은 송아리
별명은 아리송

얘 말 들으면 이게 맞는 것 같고
걔 말 들으면 그게 맞는 것 같고
쟤 말 들으면 저게 맞는 것 같고
이래도 응, 저래도 응
매사에 알쏭달쏭 뜨뜻미지근해
애들은 나더러
줏대 없다고 핀잔을 늘어놓지

이름 따라 운명도 바뀐다던데
그래서 내가 팔랑귀인 건가?
도대체 난 왜 이 모양이지?
안 하던 자학까지 하니
준기가 던지는 말

그런 사람이 공감을 잘해

너 남 얘기 들어 주는 거 취미잖아
변화무쌍한 표정에 추임새 잘 넣고
누가 억울한 일 당하면 네가 먼저 흥분하잖아
그거 수능 국어 복합 지문보다 난도 높아

듣고 보니 그런 것도 같아
나는 지금부터 행복한 팔랑귀
세상일엔 정답이 없고
내 귀는 언제 어디서나 활짝 열린
팔랑귀

꼰대 고딩

입에 오토바이 엔진을 단 것처럼
다다다 말을 쏟아 내던 할머니
밥을 굶거나 깨작거릴 때마다 작렬하던 잔소리와
다채롭고 차진 욕이 목메도록 그리운
날

천생 할머니 유전자인 나는
분단 사이를 오가며
부릉부릉, 일장 연설의 시동을 건다

자기밖에 모르는 애들이 폼 나게 사는 방식에 대해
쉬는 시간까지 공부만 파먹는 애들의 편식에 대해
B컷을 과감히 버리는 SNS 속 애들의 가식에 대해
입에 욕을 달고 사는 애들의 몰상식에 대해

새겨들어, 이것들아
다 너희 잘되라고 그러는 거
언니 누나 말 잘 들으면 자다가도 상점 생겨

나머지 잔소리는 다음 쉬는 시간에

오지랖 만렙에
폭풍 잔소리는 나만의 특별한
재능
누구도 새겨듣지 않는다는 건
함정
그래도 아낌없이 재능 기부 하는 건
나의 무한한 애정

덩칫값

쪼그려 앉아 턱받침한 채
무당벌레한테 한참 눈길 보내고 있으면
사람들은 덩칫값 좀 하라고 그러지만
누가 뭐래도 나는 자그마한 것들이 좋더라

어릴 때부터 잔심부름하고 받는 잔돈이
그렇게 좋더라
잔꾀 부리고 잔머리 굴리고 얻는 자잘한 기쁨들도
좋기만 하더라

거친 파도 같은 일들이 내 삶을 휘몰아치다가도
결국 내 발밑에서 잔물결로 사그라지고
그럼 가슴은 잔잔해지더라
그게 그렇게 좋더라

작고 하찮고 보잘것없는 것들에게
잔정을 뿌려 주는 것
그게 내가 생각하는 진정한

덩칫값

어느새 가슴이 웅장해지는 느낌이더라

수식어의 덫

저더러 털털한 애라고 못 박지 마세요
그딴 수식어에 갇히기 싫어요
대체로 대책 없고 단순 무식해 보일지 몰라도
알고 보면 결이 무수한 아이랍니다
웬만하면 허허 웃어넘기는 편이지만
길거리에서 담배 피우는 아저씨한테
버럭 불을 내뿜기도 하고
내숭 떤다며 코웃음 칠지 모르지만
공포 영화 볼 때 무서워 비명 질러요
한 조각 남은 피자 앞에서는 헐크가 되기도 하지만
힘없이 엎드려 우는 길냥이를 보면
배고픈가 싶어 먹던 거 쪼개 주기도 해요
송곳처럼 날카롭거나
살얼음처럼 예민할 때도 있어요
벚꽃 날리면 로맨틱해지고요
비가 오면 센티해져요
그럴 때 툭 건드리면
닭똥 같은 눈물이 뚝뚝 떨어지기도 한다고요

관종 짓 하다가도 낙엽 지면
온몸에 우수수 우수가 떨어져
고요히 가라앉는 순간이 와요
어떤 날은 곱게 물든 단풍잎을 책갈피에 끼워 두고
함박눈이 내리면 좋아서 팔짝팔짝 뛰기도 해요
이건 비밀인데 종종 엉큼한 구석도 있답니다

이런 저를 하나의 단어로 옭아매지 마세요
한마디 무성의한 말로 덫을 놓지 마세요

의미심장

가끔 나도 진지해질 때가 있어

너의 말
너의 표정
너의 웃음
너의 한숨
너의 눈빛
그리고 침묵

무슨 의미였을까?
몇 번 곱씹어 보곤 해

의미와 무의미 사이를 오가며
해답을 찾는 건
골치 아프지만
한편
심장을 쫄깃하게 해

의미를 찾으면 너는 비로소
빛나
나한텐 이제 어제의 네가
아니야

호락호락

나는 호락호락하다
누구에게나 평등하게

반 애들은 내가 퍼붓는 품격 있는 잔소리
귓등으로도 안 듣고,
공원을 빈둥대는 비둘기는
비키라고 발을 쿵 굴러도
콧방귀도 안 뀌고,
동네 골목을 활보하는 길냥이는
알은체해도 본체만체 새초롬히 지나쳐 가고,
길 가다 만난 시츄는
내가 뭐랬다고 캉캉 짖으며
바락바락 대들고,
오르락내리락 시소 타는 초딩은
안녕, 재밌어? 물으면
대꾸도 안 하고
나 때는 말이야, 잔소리라도 할라치면
수상한 눈초리로 자리를 피하고,

심지어 어떤 바람은 내 뺨을 갈기고
머리칼을 헝클어 놓고는
사과 한마디 없이 사라져

나는 만만해서 호락호락하고
만만하게 안 보이게 하는 건
만만치 않아

별수 있어? 그게 나인걸
이렇게 사는 것도
뭐 괜찮아

호락호락(好樂好樂), 세상 좋고 즐거워

지다

이것저것 해 보려다가
잠에 지고
식탐에 지고
게으름에 지고
이런저런 핑계에 지고 사는 요즘

아무 걱정 없이 학교 다니는 애들이
부러워서
하교할 때 쇠 냄새 고무 냄새 나는 역도장에서
역도부 애들이 내는 기합 소리가
부러워서
심지어 코치님한테 혼나는 소리마저
부러워서 지는 건
너무 후지다는 생각

부러우면 그냥 지는 게 아니라
자신감이 떨어지고
꺾인 날개는 부서지고

꿈은 흩어지고
멘탈은 무너지고
결국 나 자신마저 사라지고
그러고 나면 누구도 책임 안 지고

해는 내일 뜨려고 진다는 뻔한 말이
적잖이 위로되는 밤

두고 내린 것들

전세 버스 타고
문화 예술 체험 가는 날
난생처음 오페라 보고 돌아오는 길

자거나 휴대폰 보거나 수다 떨거나
노래 부르는 애들 틈에서
혼자 창밖을 바라보며
목숨 걸고 지키고 싶은 건 뭘까, 생각
또 생각……

학교에 도착한 뒤
담임은 차에 두고 내리는 거 없나 확인하라고
신신당부하는데
오페라 하우스에서 혹시 몰라 몰래 훔쳐 온
마술피리와 은빛 종*은
두고 내렸다

소중한 건 내 힘으로 지켜야 할 것 같아서

그럴 수 있을 것 같아서

* 모차르트의 오페라 「마술피리」에서 자라스트로에게 납치된 '밤의 여왕'
의 딸 파미나를 구하기 위해 타미노와 파파게노가 받은 마법 도구들.

롤 모델

국어 시간에 멍하니 창밖을 보는데
나무들마다 연둣빛 혀를 내밀고
세상 첫맛을 보고 있다
나한테 이게 무슨 맛이야? 하고
묻는 것 같다

송아리, 넌 롤 모델이 누구야?

느닷없는 질문에 나도 모르게
툭 튀어나온 대답

순례 씨요

유은실 작가님의 『순례 주택』에 나오는 할머니요
평생 때를 밀어 정직하게 재산을 일군 세신사인데요
순례 주택의 건물주예요
조물주보다 높다는 그 건물주요
간지 나잖아요

건물주가 장래 희망인 애들한테 강추해요
순례 주택 입주자는 많은 혜택을 누려요
대신 철칙이 있어요
쓰레기 분리배출 철저
세상에 순례 씨 같은 건물주 있으면
최측근이 되고 싶어요
제가 이래 봬도 우리 반 쓰레기 분리배출 도우미잖아요
뭐랄까, 마치 운명 같아요

애들은 어안이 벙벙한 표정
선생님은 별 희한한 녀석 다 봤다는 표정

나는 그렇게 되면 세상 살맛 나겠다는 표정으로
다시 창밖을 본다

최초의 칭찬

선샐림죄솓합니다
죄송랍니다
죄성합니다
죄송핫니다
죄송렛니다
죄송랏니다
죄솓합니디
죄송함니디
죄송합이다
좟ㅇ헙니다
제송랍니다

담임이 티브이 화면으로 카톡 창을 보여 주며
이런 게 바로 최소한의 예의라고 강조한다
찔리는 애들은 대오 각성 하라고 한다

저 문자들, 어쩐지 낯익다

코로나 때 등교 전 자가 진단 체크를 못 하면
어김없이 담임한테 문자가 오고
대개 비몽사몽 중에
혹은 지각할까 봐 뛰면서
내가 보냈던 외계 문자들?

애들은 키득대지만
어쨌거나 이건 담임한테 받은
내 생애 최초의 칭찬

바람 효과

맨날 공부하기 싫지만 특히 더 싫은 날
물끄러미 창밖을 바라봤어
가을 하늘에 새털구름이 깔려 있었어
마음을 구름 위에 태웠지
선생님이 다가와 말을 거네

바람이나 쐬고 올래?

그러고 보니 수업 시간
농담인 줄 알면서 네,라고 대답했어
선생님이 말 바꾸기 전에 냉큼 밖으로 나갔지

운동장을 한 바퀴 돌았어, 천천히
때마침 선선한 바람이 불어오길래
느티나무 아래 멈춰 서서
눈 감고
두 팔 벌리고
바람을 맞았어

바람결에 머릿결이 일렁이고
숨결은 잔잔한 물결이 되고
기분이 한결 좋아졌어

우주 유일의 나

소크라테스 할아버지가
델포이 아폴로 신전에 쓰여 있던 말을 빌려
너 자신을 알라고 하도 귀찮게 굴어서
MBTI 검사를 해 봤어

근데 딱 이거다 하는 게 없고
매번 '매우 그렇다'와 '그렇다' 사이에서
'매우 그렇지 않다'와 '그렇지 않다' 사이에서
미묘하게 갈등하게 되고
어떨 땐 '보통'에서 오른쪽으로 약간 기우는 것 같고
어떨 땐 왼쪽으로 약간 기우는 것 같고

한참 헤매다가 때려치웠어
내 성격을 어느 한 패턴으로 규정짓는 게 쪽팔려서
무엇보다 나는 내 성격이 맘에 들거든
인간은 그 자체로 소우주라고들 하던데
나만의 개성 쩌는 우주를 만들어 보려고 해
그리고 나는 그런 나를 열렬히 지지해

모퉁이

내 최애 책 『빨강 머리 앤』 끝부분에서
앤은 말해

'그리고 길에는 언제나 모퉁이가 있다'고

그 말 얼추 맞더라
십칠 년 내 삶의 길에는
오류 한 점 없이 모퉁이가 있더라
모퉁이를 꺾어 돌면
툭하면 루빈의 꽃병과 마주치게 되더라

그래도 저 멀리 모퉁이가 보인다는 건
뭔가를 기대할 수 있다는 것

탄탄대로는 매력 없어
숱한 선택들로 점철된 길을 걷고 걷고 또 걷고
나는 그 보폭만큼 진화해

별도의 진도

종종 나더러 학교 왜 다니냐고 묻는다
학교가 공부만 하는 데였다면
나는 벌써 자퇴하고도 남았다

솔직히 구구단 중에
6×7, 7×8, 8×9 같은 건 아직도 헷갈린다
때론 사칙 연산이 버겁다
나는 분수도 모르는데
선생님은 통분으로 넘어가 버렸다
내 진도 따위는 안중에도 없고
성큼성큼 내빼기 급급했다
고등학교 올라오니
다항식, 인수 분해, 함수가 나온다
일차 방정식도 모르는데 이차 삼차 방정식을 향해
항해한다

나도 자존심이 있다 이거야
학교의 진도를 거부하기로 공식 선언 했다

도서관 가서 책 읽고
집밥보다 영양가 있고 맛있는 급식 먹고
쓰레기장에 자주 출몰하는 길냥이한테
남은 닭튀김을 주기도 하고
쓰레기 분리배출 철저히 하고
애들한테 지적질도 하고
쉬는 시간에 친구들과 장난도 치고
체육 시간에 완전 신나게 뛰어놀고
오늘보다 더 나은 내일을 꿈꾸며
암암리에 별도의 진도를 나가는 중이다

다용도 인생

운동장이라고 운동만 하나
산책도 하고
사색도 하고
벤치에 앉아 책도 읽고
시도 쓰고
노래도 부르고 하는 거지
화재나 지진 대피 훈련도 하고
어떤 땐 주차장으로도 쓰는 거지

담임이 꿈이 뭐냐? 물었을 때
바로 대답 못 한 이유야

딱히 되고 싶은 게 없어서가 아니라
너무 많아서 탈

시도 쓰고 싶고
요리도 하고 싶고
커피도 내리고 싶고

그림도 그리고 싶고
장사도 해 보고 싶고
농사도 지어 보고 싶고
자원 봉사도 해 보고 싶고
요양원 원장님도 되어 보고 싶고
유치원 선생님도 되어 보고 싶고

어쩌면 다 하며 살 수 있을 것도 같고

내가 좀 예쁜 날

착한 일 하고 나서
세수하고 거울 보면
나 좀 예쁘다
꽃 같다

셀카 찍고 꽃 이름 찾기 앱에 올렸더니
일치하는 결과가 없다고 나온다

당연하다
나는 세상 유일무이한 꽃

이 순간을 기억하고 싶어
SNS 프로필 사진으로 올린다

다시 봐도 예쁘다
하는 짓도 예쁘다

제2부

사분음표와
팔분음표가
사방팔방

고맙다는 말

역도의
역도에 의한
역도를 위한 삶을 삶다가
역도 꿈나무 제2의 장미란이라는 소리도 듣다가
전국 소년 체전 앞두고 허리 부상으로
입원했을 때
내 삶이 삶은 고구마 몇 개를 먹은 것처럼
퍽퍽했을 때
체급 조절 안 한 몸은
빵 반죽처럼 부풀어 오르고
내 우주는 터무니없이 공중분해 돼
온종일 개미지옥에 빠진 듯했을 때

관성처럼 다가와
맘껏 슬퍼하고
실컷 울게 해 준
너의 짠 내 나는 우정 못 잊어

나조차 나를 못 믿는데
나를 믿는 저를 믿으라며
종종 기쁨에 접속해 주고
희망을 스포일러 해 준 친구
네가 아니었다면
머리 위로 우뚝 솟은 삶이라는 바벨을
바닥에 패대기치지 않았을까

자판기에서 나온 듯한
고맙다는 말이 너무 헐거워
좀 더 촘촘한 단어를 찾지만
세상에 그런 건 존재하지 않아
꾹꾹 눌러 담은 진심으로 말한다

송아리 전문 백신 준기야, 너한텐
하나도 안 미안해
고맙기만 해

슬기로운 준기 사용법

선생님, 범생이 준기가 수업 시간에 잔 게
충격받을 일인가요?
살다 보면 그럴 수도 있죠
선생님들도 그러던데요, 뭘
수업 있는 거 까먹고 교무실에서 쿨쿨

겪어 봐서 알 텐데요
사람이 평소에 안 하던 짓을 하는 건
죽을 때가 돼서 그런 게 아니라
그러다가 정말 죽을 것 같아서 치는 몸부림이라는 거

그럴 땐
질책보다
벌점보다
준기야, 무슨 일이 있니?
다정한 말 한마디가 약이 되잖아요
애피타이저로 가볍게 등도 토닥토닥

다 알면서 모르는 척하는 건 반칙이에요

괄호

저 앞에 어깨 축 늘어뜨리고
터벅터벅 준기가 걸어간다
아, 꿈틀대는 보호 본능

준기야, 너 알아?
사람은 뒷모습에도 표정이 있다는 거

견고한 장벽을 쌓아 놓은 듯
말을 걸어도 묵묵부답
아이스크림을 쏜대도 고개만 절레절레
자꾸 마음 쓰이게

사랑의 열병을 앓고 있는 거냐?
전교 1등 하다가 3등으로 밀려나서?
혹시 초딩한테 삥 뜯긴 거?

누가 뭐래도 우린 열혈 소꿉친구
부부로 모자로 간호사와 환자로 선생님과 학생으로

적립해 놓은 추억이 차고 넘치지
그래서 넌 수학 공식에서 괄호야, 인마
가장 먼저라는 뜻
잊지 마

사랑의 범위

인터넷 국어사전에서 '사랑'을 검색해 봤다

남녀 간에 그리워하거나 좋아하는 마음.
또는 그런 일.

이 쪼잔한 정의는 수정되어야 한다

사랑엔 국경도 나이도 없지만
성별도 없으니까
그 어떤 조건 이유 불문이니까

우연히 지난 체육 대회 때
전지적 준기 시점으로 찍어 놓은
네 휴대폰 사진을 보면서,
가끔 그걸 보고 있을 때 네 눈빛을 보고
알았어
네가 힘든 길을 가려 한다는 거
뭐 하는 짓이냐고,

난생처음 정색하며 휴대폰을 낚아채 갈 때
감이 왔어

힘내, 넌 유별난 게 아니고
특별해
각별해

넘어야 할 허들이 쌔고 쌨지만
기꺼이 손잡을게
손잡고 함께 넘을게

틈바구니

네 비밀을 알고부터
너랑 나 사이에 틈이 생겼다
틈이 벌어지자

우리를 둘러싼 공기까지 어색해진다
나 어색한 거 질색인데

벌어진 틈을 가만히 응시한다
틈새에 놓인 바구니가 보인다

그 바구니에 내 진심으로 통하는
QR 코드를 남겨 두었어

틈날 때
언제든 찍고 들어와 봐

아리티콘

어떤 단어로 사과하면 좋을까
가다듬고 가다듬어도
결코 네 마음에 가닿지 못할 것 같을 때

위로하고 싶은데
쥐어짜듯 만든 문장이
갈피를 못 잡고 흩어질 때

내가 직접 심혈을 기울여 만든
아리표 이모티콘
오늘따라 유달리 빛나는 너의 존재감

고심 끝에 선택한 아리티콘을
젠가 게임 하듯 조심스레 투척한다

괭이밥꽃

풀린 운동화 끈을 묶다가 봤어
작고 노란 꽃

보글보글 거품처럼 돋아나
얼굴 내민 꽃

평소엔 덩굴장미만 쓱 보고 지나쳤지
여기서 너를 만난 건 처음이야

안녕? 반가워
앗, 잠깐만

때마침 지나가는 형식이를 불렀어
우리 반에서 제일 작은 아이
늘 혼자 있어 실제보다 더 작아 보이는 아이

햐얀 이 보이며
방긋 웃으며 다가오네

둘이 인사해

까마귀의 프리스타일 랩

진로 수업, 자기소개 하기 시간
형식이 차례가 되자
까악! 까악!
애들 입에서 까마귀 울음소리가 흘러나온다
웃음소리도 동시에 터져 나온다

형식이는 그 정도 놀림은 졸업했다는 표정으로
큼큼, 목을 가다듬더니
리듬을 타며 랩을 시작한다

엄마 고향은 베트남
내 고향은 한국
그러니까 나는 한국 사람
한국말 당근 잘하고 김치 좋아해
트로트 졸라 잘하고 된장 좋아해

피부 까맣다고 어딜 가나 내 별명은 까마귀
근데 까맣다고 까마귀라고 생각하면 오산

까마귀 자세히 봐 봐
깃털에 햇빛 닿을 때 봐 봐
숨어 있던 색깔들 오묘하게 빛나
까마귀라는 별명에 숨은 내 빛깔 탐나?
너희들 하루라도 날 못 보면 병나
까매서 까마귀 까매서 까마귀
앞으로 그런 말 하는 사람은
어디서 굴러먹다 온 개뼈다귀

현란하게 터져 나오는 비트박스
덩달아 애들도 고개를 까딱까딱
오, 작지만 야무지고 당찬 형식이
나만큼 매력 자본 두둑하네
텐션 넘치네

활짝 웃는 형식이 아우라가 오색찬란하네, 예!

수면 바지

몇 달 전, 우리 집 근처로 이사 온 혜림이
오늘 수면 바지 입고 등교했다

애들은 제정신이냐고
왜 저러냐고 빈정대지만
세상에 이유 없는 건 없다

아빠 없이 아픈 엄마랑 산다는
혜림이
어젯밤 구급차 소리가 들려 창밖을 내다보니
혜림이 집이던데
아마 정신을 어디다 흘리고 왔겠지?

애들은 수면 바지에만 집중하고
이유에는 관심 없다
애들이 웃어도 혜림이 얼굴은 더는
벌게지지 않는다
표정이 사라졌다

혜림이한테 지금 꼭 필요한 건
수면

그러니까 수면 바지는
복장 불량이 아니라 안성맞춤 교복

누런 봉투

담임이 나를 따로 부르더니
누런 봉투 하나를 건네준다
우유 무상 급식 신청서
작성해서 내란다

교실에 와서 보니
혜림이도 들고 있다
우리끼리만 아는 누런 봉투
혜림인 마치 들키면 안 되는 것인 양
황급히 책가방에 쑤셔 넣는다

때마침 우리 반 빌런 근수가
내 봉투를 휙 낚아채고
나는 급식으로 나온
특별 간식이라도 뺏기는 양
필사적으로 붙잡는다
어쩐지 공개되면 안 될 것 같아서
버럭 포효한다

문득 창밖을 보니
초미세 먼지가 아주 나쁨 상태인지
하늘조차 누렇다

꽃다지

혜림이가 급히 조퇴하는 바람에 놓고 간 가방
집에 가는 길에 갖다주러 갔다
페인트칠 벗겨진 오래된 집 마당 한편에
앵두 알 같은 연녹색 방울토마토가 달려 있다

똑, 땄다

혜림이 눈에 동공 지진이 일어난다
너 방금 무슨 짓을 한 거야? 묻는 눈빛

오이나 가지나 호박에
맨 처음 달린 열매를 뭐라고 하는지 알아?
꽃다지
이름 참 예쁘지?
할머니한테 들었는데 이 꽃다지를 따 줘야
식물이 더 잘 자란대
열매가 너무 많이 달리면
영양소가 열매에 집중되어 성장을 방해한다나

거름을 너무 많이 줘도 마찬가지고
먹을 게 많으면 굳이 꽃 피우고 열매 맺을 필요 있나?
이렇게 생각한대
나라도 그럴 듯
그래서 세상이 녹록지 않다는 걸 보여 주는 거지
다음 세대를 위해 꽃도 피우고 열매도 맺게

웃긴데
어쩐지 장엄해

아, 오늘 말 좀 되네, 하면서 고개를 돌리니
혜림이는 뭔 개소리래, 하는 표정으로 나를 보더니
방울토마토 떼인 자국을 가만가만 만진다

진짠데
어쩐지 미안해

귀한 웃음

혜림이는 위기 학생
툭하면 위클래스에서 호출이다
쉬쉬하지만 다 안다

거기 다녀온 혜림이는 더 우울해 보인다
혜림이 표정만 스캔 뜨고
속마음은 못 읽은 건가?

혜림이의 깊은 한숨으로 피어난 말풍선에
비실비실 글자가 뜬다

사는 거 재미없어

내 코가 석 자이긴 한데 그냥 넘어갈 수 없다
혜림이 어깨에 팔을 척 걸치고
언젠가 역도 코치님이 해 준
교훈적인 잔소리를 늘어놓는다

멜론 네트를 봐
터지는 과정을 거치면서
아름다운 무늬가 형성되는 거야
나 역시 수없이 깨지고 터지고 아팠거든
그랬더니 봐 봐
이렇게 독보적인 미모를 갖게 됐잖아?

혜림이가 어이없다는 듯 피식 웃는다

그래, 웃어 좀
웃는 것도 연습이 필요해
그래야 늘지
인생도 피고
나중에 어떤 무늬를 갖게 될지 궁금하지 않아?

살기 싫다는 생각을 그만해
살기 싫다는 생각을 그만하자는 생각도 그만해

사분음표와 팔분음표가 사방팔방

점심시간에 밴드부 공연 있다더니
전자 기타와 드럼 치는 소리가
학교를 장악한다

텅 빈 교실
책상에 시체처럼 엎드린 혜림이가
비트에 맞춰 발을 까딱거린다

순간 혜림이 발끝에서 싹이 돋고
잎이 무한 증식 한다

넝쿨이 뻗어나가 교실 벽을 타고 오른다
줄기마다 초록색 음표들이 돋아나고
음악이 클라이맥스에 다다르자
팡팡, 폭죽이 터진다

납작해졌던 혜림이가 꿈틀,
상체를 일으킨다

기지개 켜며 창가로 간다

오선지를 벗어난 사분음표와 팔분음표가
사방팔방 날아다닌다

들어 준다는 것

학력 평가 등급 나온 날
수학 2등급 나왔다고 죽상인 준기한테
9등급인 내가 헤드록을 걸고
미란다 원칙을 고지하며 말한다

널 체포하겠다, 찌질한 죄로!
대신 소원을 말해 봐
다 들어 주마

말이 떨어지기 무섭게
소원이 쏟아져 나온다

일단 불고기버거 감자튀김 콜라 세트 메뉴 먹고
3D 스파이더맨 보고
코인 노래방 가서 고래고래 소리 지르고 난 뒤에……

나는 흐뭇하게 미소 지으며
고개를 끄덕끄덕하며

성심껏 들어 준다
들어만 준다

들어 준다는 건
어쩌면 천근만근 묵지근한 삶의 무게를
덜어 주는 것

다이어트만 내일부터냐?
학업 스트레스도 내일부터

그리고 오블레스 노블리주? 노블레스 오블리주?
어쨌든 계산은 돈 많은 네가

비행 청소년

교실 스피커에서 준기 이름이 불린다
교무실로 오라고 한다
애들은 모른다
이번엔 수상 때문이 아니라는 걸

며칠 전 준기한테 화장실에서 흡연하다
선생님한테 들켰다는 소릴 듣고
말로는 대박이라고 했지만 가슴이 덜컥했다
선도위원회가 열렸고 징계를 먹었다

오 일간 방과 후 교내 봉사 활동

애들은 신기한 듯 구경하며 엄지척을 하거나
파이팅을 외친다

응원받은 준기가 씩 웃으며 밀걸레로 복도를 닦는다
나 역시 그 공연에 기꺼이 동참한다
밀걸레를 들고 와

서쪽 복도 끝에서 동쪽 복도 끝으로
함께 달려간다
부딪치고 웃고 춤추며
복도 끝에 웜홀이라도 있는 듯
전무후무한 비행체가 될 만반의 준비를 한 채
달린다
신나게 난다

제3부

삐딱선의
미학

아침 달

아빠가 밤새 운전하고 돌아와
이불 속을 파고드는 소리가
들린다
숨죽이던 나는
아빠가 코 고는 소리에 일어나
야금야금 식빵을 먹고
벌컥벌컥 우유를 마시고
살금살금 발뒤꿈치를 들고 나온다

가방을 메고 대문을 나서는데
아슴푸레한 아침 하늘에
달이
둥실, 떠
있다

야근하고 아침에 퇴근하는 달의
낯빛이 해사해 울컥하는
아침

엄마

세상에서 가장 어색한 말

마음을 다해 발음해 보아도

온도가 느껴지지 않는 말

가끔은

억울한 기분 들게 하고

어떨 땐 그냥

툭,

눈물 터지게 하는 말

콩나물해장국

치매 걸린 채 행방불명된 할머니
아빠랑 발바닥에 불나도록
찾아 헤매다가
자정 넘어 때늦은 저녁 먹으러 들른 곳

할머니가 평생을 바쳤던
지금은 다른 사람이 운영하는
24시간 콩나물해장국집

뜨거운 김 훅 끼치는
뚝배기 가득
콩나물, 날달걀, 밥알 들이
보글보글 끓고
숟가락으로 휘휘 젓다가
한 숟갈 떠 넣고 꽉 다문
아빠의 입이 파르르 떨리는 순간
술주정뱅이들의 추태마저 삼킨
천지 사방의 고요

뚝!

콩나물해장국에
아빠의 눈물이 떨어진다

나는 입속에 넣은 깍두기 와작 씹지도 못하고
숨을 죽인다

따뜻한 아이스카페라테

비가 오다 말다 하는 날
비상금 털어 초코파이 한 통 사고
언젠가 시내 별 다방에서
돈이 아주 썩어 나냐고
할머니한테 욕을 바가지로 얻어먹으며 시켰던
아이스카페라테
할머니가 따뜻하고 달짝지근하게 해 달라고 해서
나를 웃게 만들었던
그래 놓고 수줍게 아껴 마시던 할머니 모습이 생각나
이번엔 뜨끈한 걸로 테이크아웃해
무지개 요양원에 갔다
한동안 예전 기억에 머물러 있어
나 같은 건 누구네 집 강아지 취급이더니
오늘은 웬일로 한눈에 알아봤다
내가 만든 할머니의 흰머리와 주름과 검버섯을
보고 있자니
눈치 없이 울음덩어리가 비어져 나온다
얼마 뒤, 할머니가 갑자기 돌변하고는

낯선 눈으로 나를 빤히 바라보는데
코끝이 맵다

코로나 때문에 골리앗 같은 유리문을 사이에 두고
쪼글쪼글한 손도 못 잡고 돌아섰다
할머니 정말 싫다
왜 하필 이럴 때 아파 가지고

음식물 반입 금지여서 카페라테를 도로 들고 나오다가
한 모금 마시니 짜증 나게 달콤하다

문득 뒤를 돌아보는데
그사이 날은 개고
요양원 뒤로 거짓말처럼 무지개가 떴다

휘게

할머니, 덴마크에는 '휘게'라는 말이 있대
친구랑 걷다 길거리 음식을 먹거나
팝콘 먹으며 영화를 보는 것 같은
일상에서 얻는 기쁨을 일컫는 말이래

그 말을 듣고 왜 반사적으로
할머니가 떠올랐을까

할머니 허리 '휘게' 집안일한 덕분에
삼시 세끼 먹으며 학교 다니고
할머니 허리 '휘게' 국밥 판 덕분에
늘어나는 사이즈에 맞게 옷 사 입고 신발 사 신고
편의점에서 군것질도 하고

그땐 당연한 건 줄 알았는데
사실 그게 '휘게'였던 거지

언젠가부터 그걸 잊고 살았는데

이제 다시 찾으려고 해
조각조각 찾아서
내가 보관하고 있는 할머니 폰으로
전송할게
그 조각들이 할머니 인생에
소소하고 기쁜 쿠키 영상이 되었으면 해

자아 성찰

할머니, 치매가 심해지고
혼자 계단 내려가다 실족까지 하는 바람에
결국 요양원으로 갔다

사업하다 할머니 식당까지 말아먹은 아빠는
빚 갚느라 일을 그만둘 수 없고
삼촌은 연락 두절이고
고모는 어린애가 둘이나 있어서

갓난아기 때부터 내 뒤치다꺼리 한
할머니, 죽도록 고생만 하다가
내 얼굴도 못 알아보고
내가 국가 대표 되는 것도 못 보고 떠났다
역도 그만둔 거 모르고 간 건
그나마 다행인 걸까

슬픔이 삶의 상수라는 거 조기 교육 받아서
이쯤은 끄떡없을 줄 알았는데

변수 없이 무너지고 마는 밤
밤,
밤 같은 아침,
밤 같은 낮, 다시 밤⋯⋯

그리고 지금, 며칠 지났다고
밥 먹다가 유튜브 보며 실실 웃고 있는 꼬락서니라니

이럴 때 보면 나, 나쁜 년 같다

잡담 월드 초대장

선생님, 사람의 뇌에는 부정의 개념이 없대요
스키 선수한테 나무를 피해, 말하는 순간
선수 머릿속에 '피해'라는 말은 사라지고
'나무'만 남게 된대요
그럼 나무를 들이박을 확률이 높아진대요
그건 정말 막심한 '피해' 아니에요?

선생님이 우리한테 잡담 좀 하지 마, 말하는 순간
우리는 잡담에 집착하게 돼요
혹시 우리가 하는 잡담에 귀 기울인 적 있나요?
잡담 중에 보석이 섞여 있을 가능성을 생각해 본 적은요?

선생님, 이제부터 잡담한다고 뭐라 하지 마세요
제가 부정의 개념을 넣어서 말했으니
이 순간부터 선생님은 우리들 잡담에 집착하게 될 거예요
궤변이라고 한 귀로 흘리지 마시고
잘 들어 보시길 바라요

삶의 애환이 녹아 있는 고딩들의 리얼 잡담 월드로
선생님을 초대합니다

삐딱선의 미학

어른들은 우리가 고개를 갸웃거리거나
흘겨보거나
토를 달면
삐딱선을 탄다고 해

직선보단 삐딱선은 스릴 있어
안 지루하고 꿈틀거려

고개를 갸웃거리는 건
의심한다는 거
의심한다는 건
소름 끼치게 고요한 내면의 우물에
파문을 던지는 거
파문은 동심원을 만들고
물결은 또 다른 차원으로 퍼져 나가
세상의 고리타분한 질서에 균열을 일으키지

멍때리던 나를

툭,
건드리지

궁리주의자

벤담과 밀의 공리주의가 추구하는 건
최대 다수의 최대 행복이라지

우린 맨날 궁리해
어른들은 공부할 궁리
커서 먹고살 궁리나 하라고
앵무새처럼 말하지만
우린 어떻게든
토낄 궁리
빠져나갈 궁리
용돈 받아 낼 궁리를 하지
이런 궁리 저런 궁리 다 해 봐도
단연 놀 궁리가 최고

학교 집 학교 집 오가는 지겨운 루틴
틈틈이 이런저런 궁리를 하다 보면
그 순간은 전율이 일거든
어떨 땐 파팟, 불꽃이 튀거든

그게 바로 대한민국에서 고딩으로 사는
낙

그러므로 우린 모두 궁리주의자
틈새 시간에 틈새 행복을 추구하는
위대한 궁리주의자

빨간 약

뭐지? 병 주고 약 주는 건가?

중간고사 끝나고
봉사 활동 시간에 재래시장 탐방이라니

낮잠에 빠져 있던 재래시장은
화들짝 깨어나고
담임이 나눠 준
오천 원짜리 온누리 상품권으로
떡볶이를 사 먹었어

떡볶이는 어른들을 위해 학교 다녀 주느라
생채기 난 우리 위장에 바르는
빨간 약

대한민국 청소년의 현주소

우리 학교 인스타 피드에 올라온 글

(꼭두각)시
(호)구
(시키는 대)로
(제)길
18

하트를 누르고 댓글을 단다

(반드)시
(그럼에도 불)구
(네 맘대)로
(살)길
5

오!
마디마디 감탄사가 있는 삶을 응원해

부적절한 예

애들아, 토인비의 '메기 효과'라고 들어 봤니?
먼바다에서 잡히는 청어는 운송 도중 죽는대
그래서 수산 시장에는 냉동 청어밖에 없었어
그런데 언제부턴가 살아 있는 청어를 옮기는 게 가능해
졌어
비결은 수조에 청어의 천적인 메기를 넣는 것
청어가 메기한테 안 잡아먹히려고 긴장하다 보니
배가 부두에 도착할 때까지 살 수 있었던 거지

코로나 시국이라고 원격 수업 할 때
너무 나태해지면 공부도 안 되고 건강도 해칠 수 있어
적당한 긴장이 필요하다는 말씀
알겠니?

선생님, 문득 궁금한 게 있어요
긴 시간 사투를 벌였을 청어의 심정은 어땠을지
문제는 일찍 죽느냐,
살아서 싱싱한 채로 먹잇감이 되느냐의 차이인데요

제가 청어라면 전자를 택하겠어요
선생님은요?

선생님이 우리를 청어로 생각한 건 참 슬픈 일이에요
죄송하지만 그 말씀 안 들은 걸로 칠래요

꿈꾸는 기술

매사에 최선을 다하면 안 돼
성실하고 책임감이 강하면 곤란해
준법정신이 투철해서
교칙을 철두철미하게 지키면 갑갑해
학습 계획을 주도면밀하게 세우고
체크리스트까지 점검하는 건 괴로워
봉사 정신과 희생정신이 남달라
나보다 남을 위하면 고달파
그따위 학생의 본분은 폐기 처분 해
자꾸 뭘 하겠다고 마음먹지 마
차라리 굶어
괜찮아, 방황해
그래야 마음에 틈이 생긴대
그 틈으로 숨을 쉰대
숨을 쉬면 생각을 하고
생각을 하면 꿈을 꾼대
그 꿈에 물을 주고 가꾸면 된대

당분간 결심 같은 거 안 하기로
결심해 보는 거다, 오케이?

시간표 단상

교실 게시판에 붙은 시간표에
웬 낙서?

강정은 선생님 이름 앞에 '닭'
정미경 선생님 이름 뒤에 '사났네'
전재일 선생님 이름 앞에 '안'
최우영 선생님 이름 뒤에 '웅'
오세영 선생님 이름 앞에 '정글로'
이민우 선생님 이름 앞에 아주 작은 글씨로 '또라'
지용화 선생님 이름 앞에 보일 듯 말 듯 '돼'
구찬용 선생님 이름 앞에 점 찍은 듯 '호'

한참 보고 있자니 고민이 깊어져
어떻게 살면 내 이름 석 자 뒤에
이런 글자를 달아 줄까?

송아리 '스펙'

사각사각

사각 복도를 지나
사각 출입문을 열고
사각 칠판
사각 책상
사각 의자
사각 교탁
사각 교훈
사각 급훈
사각 거울
사각 달력
사각 창문
사각 태극기 게시판 사물함 시간표 스피커 텔레비전이
각각 각 잡고 있는
사각 교실에 들어가면

가끔 몸이 사각이 되는 착각에 빠지곤 해
생각도 각지고
성격도 각지고

그 뾰족한 각에 누군가는 찔리곤 하지

지금은 서평 쓰기 수행 평가 시간
사각사각
사각사각
연필 소리만 들려

교실이 꼭 사각지대에 놓여 있는 것 같아
KO 패 당해야 빠져나갈 수 있는
사각의 링 같아
이대로 가다간 졸업과 동시에 사각 택배 상자에 담겨 팔
리다가
반품되고 말 것 같아
그러니까

교실에서 귀하게 둥근 시계야
빙빙 돌아라 돌아
시간아 흘러라

교실에서 별나게 둥근 선풍기야

빙빙 돌아라 돌아

돌풍으로 교실을 통째로 날려 버려라

전복의 시간

어쩌다 보니
야자 시간까지 남았습니다

몰래 휴대폰 보다가
코 골며 자다가
장난치다가 걸려
야단맞는 애들을 대신해
긴급 이벤트를 제안합니다

하루 종일 선생님들한테 시달렸으니
야자 시간만이라도

야자
타임

어때요?
아니, 어때?

엄청나게 시끄러운 시험 시간

종소리

한숨 소리

심장 쿵쾅거리는 소리

시험지와 답안지 세고 나눠 주는 소리

유의 사항 말하는 소리

바닥에 신발 끌리는 소리

책상 삐걱대는 소리

밖에서 들려오는 까치 소리

자동차 오토바이 지나가는 소리

시험지 넘기는 소리

연필 끼적이는 소리

간이 졸아붙는 소리

코 훌쩍이는 소리

기침하는 소리

에어컨 돌아가는 소리

눈알 굴리는 소리

침 넘어가는 소리

입안이 바짝 마르는 소리

필기구 떨어뜨리는 소리
코 고는 소리
자는 애 깨우는 소리
애타는 소리
딱따구리가 머리를 쪼아 대는 소리
몇 번으로 줄 세울까 고민하며 컴퓨터용 사인펜 돌리는
소리
교과 담당 선생님이 문 열고 들어와 문제 수정하는 소리
복도 감독 선생님이 문 열고 들어와 답안지 봉투에 사인
하는 소리
시험 도중 화장실이 급한 애들 문 열고 나갔다가 들어오
는 소리
시험 종료 오 분 정도 남았습니다, 하는 방송 소리
또 심장 쿵쾅거리는 소리

그리고 마치는 종소리
욕과 한숨 동시에 터지는 소리

아, 시끄러워 잠을 잘 수가 없다

제4부

후투티가
건넨 말

러버 콘 되어 주기

보도블록에 멈춰 있는 달팽이
가까이 다가가
가만히 바라본다

시간을 삭제한 듯
촉수만 이리저리 움직이다가
뭔가를 감지하고는
풀밭 쪽으로 방향을 잡는다
제 갈 길 간다

자기만의 템포로
달팽이가 써 내려간 문장을 들여다본다

느 리 게 가 면 보 이 는 게 많 아
천 천 히 많 은 걸 흡 수 하 면 서
차 츰 차 츰 단 단 해 져

달팽이한테 한 수 배운다

과외비는 풀밭에 무사히 도착할 때까지
인간 러버 콘 되어 주기

후투티가 건넨 말

뒤늦게 알았어
가파르고 험한 길 지나
평지를 걷는데도
왜 이렇게 사는 게 힘든 건지

그게 평지가 아니었던 거지
멀리서 보니 실은 아주 완만한
오르막길이었던 거지

눈을 감았다 뜨니
버려진 의자 위에 서서
왕관 쓴 후투티가 나한테 내리는
명령 같은 말
그래서 거부할 수 없는 말
아니 거부하기 싫은 말

좀 쉬었다 가

선을 넘었다

먹자골목을 지나가는데
한우갈빗집 간판에 소가 알통을 자랑하며
호객 행위를 한다

숯불돼지갈빗집 간판에는
머리에 리본 맨 돼지가 윙크하며
사람들을 유혹한다

치킨집 간판에는
닭이 날개를 활짝 펼치며
환영한다는 듯 웃고 있다

나 고기 무지무지 좋아하지만
저건 좀 아니다
선을 넘었다

전쟁 온 에어

휴대폰으로 뉴스 속보를 보다가
내 눈을 의심했다

러시아와 우크라이나의 전쟁!

전쟁이라니, 죽은 단어인 줄 알았는데
21세기에 말이 돼?

세상이 왜 이래? 엄마를 바라보는 아이의 눈물과
총을 멘 아빠의 어깨에 얹힌 슬픔과
잔해를 깔아뭉개는 탱크의 야만과……

밤새 눈에 어른거려 잠을 설쳤다
어쩌면 그들에게
지옥은 꼭 죽어야만 가는 곳이 아니라는
생각

아, 세상에서 가장 아름답고 절대적이며

필수 불가결한

꽃

그 자체로 완전무결해 결코 해쳐서는 안 되는

꽃

신성불가침의

꽃,

평화

우리말에 대한 고찰

교감 선생님,
점심시간 때 우리 반 애들 설치는 거 보고
고개 절레절레 흔들며
전쟁터가 따로 없다 하셨죠?
그 말 취소해 주세요

아직도 전쟁 중인 나라가 있잖아요
우리 할머니는 여태 전쟁 꿈을 꿔요
비명을 지르고 깨어나면
안도의 한숨을 쉬다가
또 한참을 흐느껴요

웃자고 그냥 한 얘기나
무심코 던진 얘기가
누군가에게는 폭력이 되기도 하잖아요

이 순간부터 저는
눈총도 안 쏘고

웃음 폭탄도 안 터뜨리고
핵폭탄 세일 하는 거 눈길도 안 주고
팩트 폭격도 안 날리고
비장의 무기 같은 건 아주 없애 버릴래요

지구의 중심

사람의 중심은 아픈 데라고 하잖아요
입술이 부르트거나
손톱 밑에 가시가 박히면
온 신경이 그쪽을 향하니까요

사회의 중심도 아픈 곳이어야 한다고 했잖아요
낮고 약하고 힘없는 곳을 먼저 보듬어 주지 않으면
사회가 바로 서지 못한다고요

지구도 몹시 아파요
벌써 오래됐어요
전 세계에 살인적인 폭염이 지속되고
사하라 사막에 눈이 쌓이고
호주에 재앙적인 산불이 나고
남극의 빙하가 녹잖아요
고래가 쓰레기를 먹고 죽잖아요

성장과 이윤 추구에 목매다는 건

정말 다 같이 목매는 행위예요
목멘 소리로 외치는데 안 들리세요?
문제 상황에 직면하지 않고 애써 외면하는 거
어른들 직무 유기 아니에요?
이러다 골든 타임 놓치겠어요

아, 말하다 보니 열받네 진짜

떨켜

나무들이 겨울을 나려면
잎자루에 있는 떨켜로 잎을 떨구어 내야 한대
그때 나무가 들이는 에너지가 어마어마하대

저기 교문 옆을 봐
온 힘을 다해 잎 떨군 목련나무
엄동설한에 월동 장구 하나 없이
존버 정신으로 꿋꿋하게 서 있는 거

우리 몸에도 떨켜가 내장되어 있다는 거 알아?
개념 없는 인간들이 필터 없이 쏟아 내는
숱한 혐오의 말들 때문에
마음속에 곰팡이가 피도록 내버려 두지 말고
귀지인 듯 비듬인 듯 털어 내라고
그런 말들이 가시가 되어 상처를 입혀도
기어이 뽑아내라고
가끔은 그 가시로 찌르기도 하라고

살다 보면 그래야 버틸 수 있는 순간도 있으니

퇴출 영순위 사자성어

돌 하나 던져
새 두 마리 맞히는 게 기뻐할 일인가

일석이조
일석삼조
일석사조
일석오조……
사람들은 왜
숫자가 커질수록 환호하는 걸까?

잔인하잖아
미친 짓이잖아

돌은 아예 안 던지는 게 맞고
던져도 새를 못 맞히는 게 다행이지 않아?

나만 그래?
내가 이상해?

반달

몸도 마음도 지쳐
더 추운
날
밤길 걷다가 고개를 젖히니

겨울,
거대한 육식 동물의 뼈 같은
내가 걸어야 할 길 같은
어쩌면 미로 같은
나뭇가지 끝에
달이 달려 있다

둥근 달마저 까만 마스크를 한 채
모로 누웠다

금사빠 증후군

짝사랑 경력 십칠 년차
여전히 나는 쉽게 사랑에 빠진다
애들은 애정 결핍이라고 하지만
뭐 어때, 남한테 피해 주는 것도 아닌데

엄마는 내가 사랑을 시작하기도 전에 떠났고
이후 고양이, 햄스터, 병아리를 좋아했으나
감정이 지속되지 못했고
한때 준기한테 고백했다가 단칼에 거절당하기도 했던
흑역사의 기록들

심지어 칠 년 연애한 역도한테도 차였다
겨우 바벨의 언어를 터득하고
바벨과 교감을 나누는 경지에 올랐는데
가차 없이,
십 초 승부를 위해 수천 시간 바쳤는데
속절없이, 배신당했다

창문을 여니 어느새
이웃집 배롱나무 가지가 가까이 와 있다
말을 건넨다
오늘 일을 미주알고주알 털어놓는다
고개 끄덕이며 묵묵히 들어 주는 이파리들

SF 영화 「이티」에 나오는 것처럼
나뭇잎에 손가락을 살짝 대 보았다
찌릿, 뭔가 통했다
아, 곧 사랑에 빠질 것 같다
이번엔 식물이다
무슨 단계가 없다

멘탈 보호 해시태그

집과 학교 구석구석에
골목 곳곳에
담장 위에
가로수에
가로등에
틈날 때마다 채집해 둔 단어들로
해시태그를 달아 둔다

뾰족 이마를 내민 새싹
풀잎에 맺힌 이슬
터질 듯 말 듯 한 꽃봉오리
오후 네 시 강물 위의 윤슬
숲에서 불어오는 산들바람
나뭇잎 새새로 비치는 햇빛
새털구름 깔린 하늘
파란 하늘 담은 바다
아침 햇살 받아 반짝이는 서리
서쪽 밤하늘 초승달 옆에 돋아난 샛별……

그럼 내 안의 알고리즘이 작동해
좋은 것만 보게 돼
좋은 것만 생각나

나 지금? 행복해
하나의 지점으로 수렴되는 마음

단풍 1

빛깔이 고와 나도 모르게
다가갔어

멀쩡한 잎 거의 없고
조금은 마른 잎
썩은 잎
벌레 먹은 잎
잎에 묻은 먼지와 검은 점……

한 잎 한 잎 모여
단풍을 만든 거구나

내 지나온 삶 얼룩투성이여도
고운 단풍 만들 수 있는 거구나

단풍 2

가끔 얼굴이

발갛게 달아오르잖아

단풍 든 거야

부끄러움을 안다는 건

아름다운 거잖아

추락하는 것에도 별은 반짝인다

산은 산이고
물은 물이다
이건 항상 참인 명제, 항진 명제

너는 너
나는 나
이것 역시 항진 명제

선생님이 명제에 대해 설명하던 중
나는 잠시 삼천포, 아니
브라질과 아르헨티나의 경계 어디쯤으로
빠진다

'나는 나'가 항상 참이라면
나는 나는 존재?

순간 나는
한 마리 예측 불허의 앨버트로스로 빙의되어

날개 펴고 활공하다가
이구아수 폭포로 다이빙하듯 하강하다가
결정적인 순간,
비상 못 하고 그대로 추락하다가

책상에 이마를 쿵!

그 와중에도 반짝이는 별,
별들

악몽과의 한판 승부

천장에서 단어들이 내려오는군
헐, 아닌 밤중에 한글 타자 연습이라니

　　인상
　　　　바벨　　　　언더그립
　용상　　　오버그립
　　　클린　　　　　저크
전국소년체전　　　국가대표　　　아시안게임
　　　올림픽　　　　　　신기록
　　　　세계선수권대회

앗! 근데 키보드가 안 먹혀
단어들은 속도를 더하며 내려오고
급기야 천장도 내려와
비닐 랩으로 얼굴을 씌운 것같이
숨통이 막혀
세상은 암흑천지고
괴성으로 어둠을 찢어 보려 하지만

소리가 안 나와
분명 꿈이야
죽어도 죽지 않아
순간 천장은 나를 덮치고
나는 좀비처럼 벌떡 일어서

이깟 개꿈, 학교 가는 길에
옆집 개한테 던져 주었다

아무리 배고파도 겁먹지 않을 테다
겁먹다 체하면 답도 없으니까

다 덤벼!

바벨을 든다는 것

하얀 목양말 신고
하얀 손목 붕대 감고
발판 마루를 쿵쿵 구르고
성큼 걸어가
하얀 탄마 가루 묻히고 기도하는 심정으로
바벨을 들었었지

한때 슈퍼히어로가 되어 집채만 한 트럭도 번쩍 드는
힘센 어른이 되는 게 꿈이었어
그럼 할 수 있는 일이 많다고 생각했거든

이제 트럭을 들 수 없다는 걸 알 만한 나이
힘센 어른이 되는 방법이 다양하다는 것도 알 만한 나이
비록 지금은 바벨을 들지 않지만
어쩌면 산다는 건 바벨을 드는 게 아닐까
겨울 방학 때 해외여행 다녀온 준기가 기념으로 준
솔티드 캐러멜을 먹고 알았어
짠맛이 단맛을 극대화한다는 사실

인생의 쓴맛을 좀 봤으니
단맛을 더 잘 느낄 수 있는 건가

문득 그러데이션처럼 번지는 노을이
마음을 물들이고
이윽고 온 우주가 나를 돕고 있는 듯한 느낌에
사로잡혀
나는 나만의 바벨을 들어 올리며 외치지

난 제2의 장미란이 아니야!
제1의 송아리라고!
우리나라는 송아리 보유국이 되는 거라고!

어둡고 잘지만, 다양해서 찬란한

오은 시인

『송아리는 아리송』은 아리송한 시집이다. 제목에서도 드러나듯 아리송함은 시집을 이끌어 가는 화자 송아리의 성정을 가리키는 것이지만, 그것이 함께 품어 내는 것은 청소년기에 느끼는 미래의 불확실한 감정이다. 아리송하기에 청소년들은 비슷한 문제 앞에서 번번이 고민할 수밖에 없다. 갈팡질팡하다 누군가와 부딪치기도 하고 어칠비칠하다가 바닥에 고꾸라지기도 한다. 정연철 시인은 현직 국어 교사로 일하며 이들을 가까이에서 지켜보았을 것이다. 그들에게 묻고 듣고 때때로 그들의 물음에 답하며 "파팟, 불꽃이 튀"(「궁리주의자」)는 순간들이 한데 모였을 것이다. 각자의 아리송함이 모여 아리송아리송함이 되는 일은 각기 다른 물방울이 결합하여 물웅덩이가 되는 과정과 유사하다.

시인은 청소년들이 어떤 생각을 품고 있는지, 겉으로는 가만

한 듯 보여도 속은 얼마나 시끌시끌할지 가장 먼저 헤아렸을 것이다. 난데없이 생겨나는 틈은 상상력으로 메우고, 자신의 청소년기를 찬찬히 떠올리기도 했을 것이다. 시 속에서 상황극처럼 연출되는 장면이 생생하게 다가오는 것은 청소년들의 생각과 말을 고스란히 담아냈기에 가능했을 것이다. 청소년의 입장이 되어 보는 일에 힘썼기에, 처지를 바꿔 생각하는 일을 게을리하지 않았기에 비로소 이야기를 시작할 수 있었을 것이다. 그리하여 우리가 이 시집에서 마주하는 건 잔잔한 물웅덩이가 아니라, 거기서 시시각각 일어나는 형형색색의 물보라이다.

이를테면 이런 식이다. 시인은 "떡볶이는 어른들을 위해 학교 다녀 주느라/생채기 난 우리 위장에 바르는/빨간 약"(「빨간 약」)이라 말하고, "괜찮아, 방황해/그래야 마음에 틈이 생긴대/그 틈으로 숨을 쉰대"(「꿈꾸는 기술」)라고 뒤집어 이야기한다. 나태함을 경계하고자 청어와 청어의 천적인 메기 이야기를 들려주자 "선생님이 우리를 청어로 생각한 건 참 슬픈 일이에요"(「부적절한 예」)라고 학생이 한 말을 그대로 옮겨 적는다. 이해하기 위해서는 존재의 바다에 풍덩 뛰어들어야 함을 누구보다 잘 알고 있는 셈이다. 청소년들의 처지에서 사고하고 그들의 말과 행동에서 빛을 발견하는 일, 다름 아닌 사랑이다.

청소년기는 어떤 시기일까. 한마디로 정의하기는 어렵지만, 어둡고 잘고 다양하고 찬란한 시기이다. 어둡고 잘지만, 다양해서 찬란한 시기이다.

어둡다

『송아리는 아리송』은 청소년들의 깊은 속에까지 들어가 개개인의 독자성과 개별성에 주목한다. 한 공간에서 서로 다른 꿈을 갖고 자라나는 아이들을 한 명 한 명 들여다보고자 한다. 누구의 고민이 더 깊은지, 어떤 문제가 더 커다란지 섣불리 따지지 않는다. 기본적으로 송아리의 입을 통해 전달되는 이야기이지만, 그 이야기는 겉만 핥고 끝나지 않는다. 송아리는 궁금해하기 때문이다. 상대를 알고 싶어 하기 때문이다. 이야기의 틈새를 깊숙이 파고들기에 촌극은 사연으로 연결되고, 우리는 그 안에서 함께 고민하게 된다.

송아리는 겉으로는 씩씩한 척 행동하지만, 그의 내면에는 완만한 파고(波高)로 슬픔이 흐르고 있다. 슬픔을 간직하고 다니는 사람이 잘하는 일은 바로 공감이다. "너 남 얘기 들어 주는 거 취미잖아/변화무쌍한 표정에 추임새 잘 넣고/누가 억울한 일 당하면 네가 먼저 흥분하잖아"(「팔랑귀의 자존감」)라는 친구 준기의 말은 아리가 어떤 인물인지 단적으로 보여 준다. 웃음과 울음이 발휘되기 위해 필요한 것은 경청이다. 거기에 더해지는 '송아리표' 넉살과 너스레는 읽는 이의 입꼬리가 슬며시 올라가게 해 준다.

『송아리는 아리송』은 한 인물의 이야기이기도 하면서 한 가족의 이야기, 동시에 같은 반 친구의 이야기이기도 하다. 마냥

밝고 흥거우면 좋으련만, 인생에 항상 빛나는 순간만 있는 것은 아니다. 누구에게나 비밀과 속사정이 있다. 그들은 할머니의 치매, 아버지의 사업 실패, 성 정체성으로 인한 혼란 등 어둠을 직면한다. 자신을 "짝사랑 경력 십칠 년 차"라고 소개하는 송아리는 "엄마는 내가 사랑을 시작하기도 전에 떠났"다고 고백한다. "칠 년 연애한 역도"(「금사빠 증후군」)하고도 이별했다. "견고한 장벽을 쌓아 놓은"(「괄호」) 준기는 이 사회에서 살아가기 위해 "넘어야 할 허들이 쌔고 쌨"(「사랑의 범위」)다. "반에서 제일 작은 아이"(「괭이밥꽃」) 형식이는 "엄마 고향은 베트남/내 고향은 한국/그러니까 나는 한국 사람"(「까마귀의 프리스타일 랩」)이라고 랩을 쏟아 내며 놀림에 쉽사리 눌리지 않으려 한다. "아빠 없이 아픈 엄마랑 산다는" 혜림이는 "표정이 사라졌"(「수면 바지」)지만 어떻게든 표정을 다시 세우기 위해 고군분투한다.

시집 곳곳에 포진해 우리를 미소 짓게 만드는 언어유희는 일종의 틈 역할을 한다. 유머야말로 어둠 속에 들이치는 한 줄기 빛살임을 증명하는 셈이다. "개념 없는 인간들이 필터 없이 쏟아 내는/숱한 혐오의 말들"(「떨켜」) 때문에 매일 다치지 않을 도리가 없지만, 유머는 "인생의 쓴맛을 좀 봤으니/단맛을 더 잘 느낄 수 있는 건가"(「바벨을 든다는 것」)라고 긍정적인 쪽으로 생각의 방향을 틀게 해 준다. 호락호락하지 않은 세상에서 '호락호락'이 "세상 좋고 즐거"(「호락호락」)운 것이라고 말할 때, 어둠에는 비로소 균열이 생긴다. 틈날 때를 기다리지 않고 능동적으로 틈을 내는 것이다. 그 틈으로 언제고 빛이 들이칠 것이다.

한편 청소년기는 타인의 고민보다 자신의 것이 더 크게 느껴지지만, 그 때문에 제 고민을 남에게 털어놓는 게 쉽지 않은 시기이기도 하다. 필사적으로 비밀을 감추고 남 앞에서 자신을 희화화하고 무표정으로 일관하는 등 그들에게는 이미 고유한 비법이 있다. 이들은 어쩌면 삶의 비애를 선행 학습 하고 있는지도 모른다. 이때 자신의 이야기를 앞나서서 들어 주는 친구가 있다는 건 얼마나 든든한 일인가. "들어 준다는 건/어쩌면 천근만근 묵지근한 삶의 무게를/덜어 주는 것"(「들어 준다는 것」)이기에 비애를 감당하기 힘들 때 우리는 누군가의 입과 귀를 빌려야 한다.

서로서로 속앳말을 들어 주고 마음의 짐을 덜어 주면서 청소년들은 묵묵히 어둠을 헤쳐 나간다. 우유부단함은 신중함의 다른 이름일 수 있고, 경솔함은 의욕의 산물일지도 모른다는 것을 덤으로 깨닫기도 한다. 어두울 때 우리는 자연스레 사색에 잠기고 몸담은 시공간을 검질기게 들여다보기 때문이다. 누가 알려 주어야 비로소 알게 되는 것이 있듯, 자라면서 스스로 깨닫는 것도 있다. 어둠을 응시하면서 누구나 "암암리에 별도의 진도를 나가는 중"(「별도의 진도」)인 셈이다. '암암리(暗暗裡)'라는 말이 어둠이야말로 성장의 필요충분조건임을 드러내는 것처럼 말이다.

잘다

 어둠 속에서 웅크리고 있다가도 때가 되면 학교에 가고 돌아와서는 과제를 해야 한다. 매일의 일과를 수행하는 일은 지루하고 피곤하기에 자잘한 즐거움을 발견하지 않으면 안 된다. 자디잔 행복을 어떻게든 그러모아야 한다. '잔'은 기본적으로 자잘함을 뜻하지만 '어떤 한도에 차고 남은 부분'을 뜻하는 '잔(殘)'이 되기도 하고, 유리잔처럼 빛살을 투과시키기도 한다. 잠자리에 누웠을 때 피식 웃게 만드는 순간처럼 말이다.

 「덩칫값」에서 아리는 이렇게 말한다. "어릴 때부터 잔심부름하고 받는 잔돈이/그렇게 좋더라/잔꾀 부리고 잔머리 굴리고 얻는 자잘한 기쁨들도/좋기만 하더라". 잘다는 것은 작고 소소하다는 이유로 흔히 저평가되곤 한다. 하지만 일상의 주도권을 쥐기 위해서는 주석을 다는 것처럼 "작고 하찮고 보잘것없는 것들"을 살펴야 한다. 이는 "내 안의 알고리즘"을 작동하여 "좋은 것만 보게" 하고 "좋은 것만 생각나"(「멘탈 보호 해시태그」)게 하는 과정이기도 하다. 삶의 주도권을 자기 자신에게 부여하는 본격적인 행동인 셈이다.

 어찌 보면 청소년기는 입시라는 대의에 맞서 조각난 기쁨을 찾아 나서는 데 가장 활동적인 시기이기도 하다. '소확행'이라는 말은 이미 생명력이 다한 것처럼 보이지만, 작고 확실한 행복이 차고 넘치는 것도 청소년기이다. 청소년기는 "우린 어떻게든/토낄 궁리/빠져나갈 궁리/용돈 받아 낼 궁리를 하지/이런 궁리 저런 궁리 다 해 봐도/단연 놀 궁리가 최고"(「궁리주의자」)라고 대놓고 넉살을 피울 수 있는 시기이자, 빡빡한 일정을 적극적으로 파고들어 틈을 만드는 이에게만 깃드는 행복이 있음을 몸소 깨닫는 시기이다.

자디잔 것은 흔히 사람의 주의를 끌기 어렵지만, '해야 하는 일'이 아니라는 점에서 그것을 주목하는 일은 고유한 매력을 갖는다. 운동화 끈을 묶다가 우연히 발견한 꽃을 보고 "늘 혼자 있어 실제보다 더 작아 보이는 아이"(「괭이밥꽃」)를 떠올리는 것은 '잘다'가 몸피를 키우는 과정이기도 하다. 괭이밥꽃은 덩굴장미처럼 화려하지는 않아도 언제나 있던 꽃이다. 눈길을 끌지 않아도, 크기가 작아도 분명히 있다. 그들은 '원래 그런 것'을 섣불리 바꾸고 교정하는 대신, 그것을 선선히 인정하고 받아들인다. 당연한 말이지만, 존재감보다 중요한 것은 존재 자체이다.

이런 태도는 살피는 마음에서 만들어진다. 곁에 있는 사람들의 속사정을 헤아려 보려는 시도는 처한 상황에 따라 각기 다른 이유로 아플 수 있다는 깨달음으로 연결된다. 나무에 매달린 잎사귀 하나하나의 모양이 다 다른 것처럼, 이파리의 잎맥이 어딘가로 계속 이어지는 것처럼, 언젠가는 잎맥이 이파리 바깥으로 뻗어 나가 새로운 무늬를 만들어 내리라 믿는 것처럼. 자잘함을 외면하지 않았기에 편견 없이 누군가를 받아들일 수도 있었을 것이다. 자아 정체성을 확립하는 데 무엇보다 필요한 건 타인의 존재이다.

다양하다

청소년기는 타인의 다양한 표정을 마주하는 시기이기도 하다. '나도 몰랐던 나' 또한 가장 가깝고도 뜨악한 타인이다. "열길 물속은 알아도 한 길 사람의 속은 모른다."라는 속담을 굳이 언급하지 않더라도, 이전에는 미처 파악하지 못한 '나'의 면모가 느닷없이 드러난다. 한 사람을 수식하는 형용사의 개수가 늘어날 때 우리는 그제야 사람의 복잡함에 대해 생각하기 시작한다. "사람이 평소에 안 하던 짓을 하는 건/죽을 때가 돼서 그런 게 아니라/그러다가 정말 죽을 것 같아서 치는 몸부림이라는 거"(「슬기로운 준기 사용법」)라는 구절은 '의외의 행동'이 현재의 마음 상태를 온전히 증명할 수도 있음을 알려 준다.

단어를 다르게 해석하는 가능성을 익히는 것도 청소년기이다. 아리는 이렇게 말한다. "내 이름은 송아리/별명은 아리송". 인생은 자주 아리송하고, 맞고 틀림을 도무지 알 수 없는 상황에서조차 선택을 강요받기도 한다. 우물쭈물하는 성격이 가장 불만인 것도 아리 자신이다. 자학하는 아리에게 준기는 "그런 사람이 공감을 잘해"라고 다정하게 말해 준다. 그 말을 듣고 우유부단한 '팔랑귀 송아리'가 변한 것은 아니다. 그러나 이제 단어의 양면성을 파악하게 되었다. "나는 지금부터 행복한 팔랑귀/세상일엔 정답이 없고/내 귀는 언제 어디서나 활짝 열린/팔랑귀"(「팔랑귀의 자존감」)라고 선언할 때, 마음의 키는 또 한 뼘 자랐을 것이다.

「수식어의 덫」에서 아리는 으름장 놓듯 말한다. "저더러 털털한 애라고 못 박지 마세요/그딴 수식어에 갇히기 싫어요"라고, "저를 하나의 단어로 옭아매지 마세요/한마디 무성의한 말로 덫을 놓지 마세요"라고. 수식어는 수식하면서 '한정'한다는 점에서 그 말을 듣는 대상을 가두는 역할을 한다. 성실하다는 말을 자주 듣는 아이는 처음에는 그 말을 칭찬으로 받아들이겠으나, 성실함의 덫에 갇혀 새로운 시도 앞에서 지레 포기해 버릴지 모른다. 과묵하다는 말을 자주 듣는 아이는 감추어진 욕망을 드러내고 싶을 때조차 잽싸게 입을 닫아 버릴지 모른다. 『송아리는 아리송』은 청소년들의 다양한 면모를 적극적으로 조명하면서, 모노톤의 일상에 색색의 수채 물감을 거침없이 풀어 놓는다.

다양함을 수용하면 단어가 갖는 '홑' 뜻을 '겹'으로 피워 올릴 수 있다. '휘게'는 "친구랑 걷다 길거리 음식을 먹거나/팝콘 먹으며 영화를 보는 것 같은/일상에서 얻는 기쁨을 일컫는 말"이지만, 아리에게는 할머니와 포개지는 단어이다. 할머니가 "허리 '휘게' 집안일"을 하고 "허리 '휘게' 국밥 판 덕분에"(「휘게」)

자신이 '휘게'를 누릴 수 있었음을 알아차리는 것이다. 누군가의 '휘게'를 있게 한 무수한 '휘게'들이 있었음을 감지할 수 있는 순간이다. 단어가 가진 겹을 인식한 이후로 당연하다고만 생각했던 일들이 새로이 다가오기도 한다. "잡담 중에 보석이 섞여 있을 가능성"(「잡담 월드 초대장」)을 진지하게 탐구하는 태도는 앞으로 찾아올 인생이 얼마나 다채로울지 암시한다. 보려고 나서는 사람에게만 삶은 비밀스러운 장면을 보여 주기 때문이다.

한편 "의미를 찾으면 너는 비로소/빛나/나한텐 이제 어제의 네가/아니야"(「의미심장」)라는 말은 아리가 같음에서 다름을 발견하는 눈을 갖게 되었음을 보여 준다. 보는 힘이 꿰뚫는 능력으로 이어진 것이다. 꿈이 없어서가 아니라 너무 많아서 대답하지 못했지만, 그 꿈들을 "어쩌면 다 하며 살 수 있을 것도 같"(「다용도 인생」)다고 생각하기도 한다. 그 순간은 삶의 국면을 오지선다형에서 서술형으로 바꾸어 놓는다. 다용도가 다양성으로, 다양성이 마침내 가능성에 가닿은 것이다. 각자의 빛을 품고, 아리와 그의 친구들은 가능성을 향해 한 발 한 발 나아간다.

찬란하다

「꽃다지」에서 아리는 이렇게 말한다.

오이나 가지나 호박에
맨 처음 달린 열매를 뭐라고 하는지 알아?
꽃다지
이름 참 예쁘지?
할머니한테 들었는데 이 꽃다지를 따 줘야
식물이 더 잘 자란대
열매가 너무 많이 달리면
영양소가 열매에 집중되어 성장을 방해한다나
거름을 너무 많이 줘도 마찬가지고
먹을 게 많으면 굳이 꽃 피우고 열매 맺을 필요 있나?
이렇게 생각한대
나라도 그럴 듯
그래서 세상이 녹록지 않다는 걸 보여 주는 거지
다음 세대를 위해 꽃도 피우고 열매도 맺게

웃긴데
어쩐지 장엄해

—「꽃다지」 부분

들은 말을 흘려보내지 않고 지식으로 만드는 일, 들은 말을 전하면서 신기하지 않으냐는 듯 너스레를 부리는 일, "나라도 그럴 듯"이라고 말하며 적극적으로 대상에 몰입하는 일, "웃긴데"라는 말에 "어쩐지 장엄해"를 덧붙이며 존재의 이면을 들여다보는 일 들은 "세상이 녹록지 않다는 걸" 받아들이면서 동시에 더 잘 자라기 위해 안간힘 쓰고 있음을 보여 준다. 이름이 예뻐도 꽃다지를 따 줘야 한다고 약간은 서글프게 이야기하면서, 언젠가 삶에서 포기해야 할 때가 찾아올 것임을 어렴풋이 예감한다.

밤새워 일하고 돌아온 아빠를 보고 나온 등굣길, 아리는 아침 달을 마주한다. "야근하고 아침에 퇴근하는 달의/낮빛이 해사해 울컥하는/아침"(「아침 달」)이 앞으로도 있을 것이다. 이 이름 모를 감정에 익숙해질 때쯤 아리를 비롯한 이 땅의 청소년들은 어른이 되어 있을 것이다. 이는 "슬픔이 삶의 상수라는 거 조기 교육 받"(「자아 성찰」)았지만 끄떡없이 넘어갈 수 있는 일은 거의 존재하지 않음을 배우는 일이기도 할 터이다. 성장하는 일은 심신이 단단해지는 일이 아니라 유연해지는 일일지도 모른다. 요컨대 서글픔, 아픔, 괴로움을 받아 내고 한동안 그것들을 품고 있다가 시원하게 튕겨 내는 일이다. 슬픔 속에서도 어떻게든 찬란함을 발견하는 일이다.

청소년기는 불안한 앞날에 주저하는 시기이기도 하지만, 눈앞의 풍경을 마주하며 자신만의 판단을 내리고 주관을 확립하는 시기이기도 하다. 한우갈빗집, 숯불돼지갈빗집, 치킨집 간판에 동물들이 모델이 되어 웃고 있는 것을 보며 "나 고기 무지무지 좋아하지만/저건 좀 아니다/선을 넘었다"(「선을 넘었다」)라고 지적하고, 러시아와 우크라이나의 전쟁 뉴스 속보를 보며 '평화'가 "세상에서 가장 아름답고 절대적이며/필수 불가결한/꽃"(「전쟁 온 에어」)임을 힘주어 말하기도 한다. 이는 시끄러운 교실을 보고 "전쟁터가 따로 없다"고 말한 교감 선생님에게 "그 말 취소해 주세요//아직도 전쟁 중인 나라가 있잖아요"라고 말하는 데에까지 나아간다. 관성에 젖은 기성세대를 뜨끔하게 하는 대목이다. "눈총도 안 쏘고/웃음 폭탄도 안 터뜨리고/핵폭탄 세일 하는 거 눈길도 안 주"(「우리말에 대한 고찰」)겠다는 다짐은 '우리말'을 가지고 앞으로 '내 삶'을 살아가겠다는 분연한 의지이다. 배우고 습득한 것을 공글려 자기 생각을 만들고 그것을 조리 있게 전달하는 일, 성장에서 이보다 더 중요한 게 있을까?

『송아리는 아리송』은 "언제 이렇게 컸지?"라는 질문에 온몸과 온 마음을 다해 대답하는 시집이다. 생생해서 쌩쌩 휘몰아칠 수도, 씽씽 미끄러질 수도 있다는 걸 내보이는 시집이다. 아리와 준기와 형식이와 혜림이와 함께 마침내 찬란해지는, 아름다워지는 시집이다.

　　　가끔 얼굴이

발갛게 달아오르잖아

단풍 든 거야

부끄러움을 안다는 건

아름다운 거잖아

―「단풍 2」 전문

시인의 말

학교에서 많은 시간을 보내다 보면
자연스레 아이들한테 물이 듭니다.
물은 다채로운 빛깔과 형태로 제 속에 스며듭니다.
틈이 나면 물든 눈으로
시를 찾아 두리번거리는 건 오랜 버릇입니다.
시는 아이들의 팔짱 사이에 끼어 있거나
말과 표정과 웃음과 한숨과 호들갑과 오두방정에 대롱,
매달려 있습니다.
책상 위나 교과서 귀퉁이 낙서에도
가정 통신문으로 접어 날려 보낸 종이비행기에도
저물녘 교실 창밖으로 바라보는 노을에도
묻어 있습니다.
그곳을 가만 응시하다 보면
졸고 있던 시가 게슴츠레 눈을 뜨기도 하고
부끄러워 딴청을 피우기도 합니다.
그러다가 어느 순간 꽃봉오리처럼 오므리고 있던 입을 활짝,
터뜨립니다.
세상은 반짝, 빛을 냅니다.

시가 비가 되어 내리면 좋겠습니다.
단비라면 좋겠습니다.

2023년 가을을 맞으며
정연철

창비청소년시선 45

송아리는 아리송

초판 1쇄 발행 • 2023년 9월 1일
초판 2쇄 발행 • 2024년 8월 29일

지은이 • 정연철
펴낸이 • 김종곤
편집 • 임소형 박문수
조판 • 이주니
펴낸곳 • (주)창비교육
등록 • 2014년 6월 20일 제2014-000183호
주소 • 04004 서울특별시 마포구 월드컵로12길 7
전화 • 1833-7247
팩스 • 영업 070-4838-4938 / 편집 02-6949-0953
홈페이지 • www.changbiedu.com
전자우편 • contents@changbi.com

ⓒ 정연철 2023
ISBN 979-11-6570-224-3 44810

'창비청소년시선' 시리즈는 계속 출간됩니다.

"별수 있어? 그게 나인걸.
이렇게 사는 것도 뭐 괜찮아!
호락호락(好樂好樂), 세상 좋고 즐거워."

'인생'이라는 바벨을 번쩍 들어 올리는 유쾌한 열일곱 '송아리'

『송아리는 아리송』은 청소년들의 다양한 면모를 적극적으로 조명하면서
모노톤의 일상에 색색의 수채 물감을 거침없이 풀어 놓는다. 각자의 빛을
품고 송아리와 친구들은 가능성을 향해 한 발 한 발 나아간다. 성장하는
일은 심신이 단단해지는 일이 아니라 유연해지는 일일지도 모른다. 요컨대
서글픔, 아픔, 괴로움을 받아 내고 한동안 그것들을 품고 있다가 시원하
게 튕겨 내는 일이다. 슬픔 속에서도 어떻게든 찬란함을 발견하는 일이다.

— 오은(시인)

시는 아이들의 팔짱 사이에 끼어 있거나
말과 표정과 웃음과 한숨과 호들갑과 오두방정에 대롱,
매달려 있습니다.
(…)
그러다가 어느 순간 꽃봉오리처럼 오므리고 있던 입을 활짝,
터뜨립니다.
세상은 반짝, 빛을 냅니다.
시가 비가 되어 내리면 좋겠습니다.
단비라면 좋겠습니다.

— 「시인의 말」에서

값 10,000원

44810

9 791165 702243
ISBN 979-11-6570-224-3